Library of Congress Cataloging-in-Publication Data

Deru, Myriam.
  A birthday surprise.

  English and Spanish.
  Translation of: Un anniversaire surprise.
  Summary: Caroline the kitten and William the bear cub
go from a picnic to a nighttime adventure in a scary
mansion and eventually find a surprise for Caroline.
  (1. Cats-Fiction. 2. Bears-Fiction. 3. Spanish
language materials-Bilingual) 1. Alen, Paule.
II. Title.
PZ73.D45 1988 (E) 87-33210
ISBN 0-517-65556-X

ILLUSTRATIONS BY MYRIAM DERU
STORY BY PAULE ALEN

A Birthday Surprise

Una sorpresa de cumpleaños

DERRYDALE BOOKS
New York

Here is an amusing bilingual story about Caroline, a little kitten. This picture book is part of a new series specially designed so that young children can play with words of another language, thereby becoming familiar with them. The short, easy-to-read sentences printed in separate columns, one in English, the other in Spanish, are placed under a large illustration. On the left-hand page is a series of small images reproducing subjects found in the illustration with the corresponding words in both languages.

Attractively presented, this book appeals to the young child learning to read.

The Publisher

He aquí, relatado de manera bilingue, la entretenida historia de la gatita Carolina. Este libro ilustrado es parte de una nueva serie especialmente diseñada para enseñar a los niños el vocabulario básico de un idioma extranjero. Las frases, cortas y fáciles de leer, van impresas en dos columnas separadas, una en ingles y la otra en español, ubicáda bajo ilustraciones de tamaño grande. En la pagina de la izquierda hay una serie de pequeñas ilustraciones reproducidas de la ilustracíon mayor a la derecha junto al texto que las describe en ambos idiomas.

Presentado de manera atractiva, este libro agradará a los niños que están aprendiendo a leer.

El Editor.

Caroline the little kitten La gatita Carolina

house  casa

flower  flor

mailbox buzón de cartas

birthday cards tarjetas de cumpleaños

two pigeons  dos palomas

Caroline is a little kitten.
She lives in a beautiful house.
She opens the mailbox.
What a surprise!
There are five birthday cards.
They make Caroline smile.

Carolina es una gatita.
Ella vive en una casa bonita.
Ella abre el buzón de cartas.
¡ Qué Sorpresa!
Hay cinco tarjetas de cumpleaños.
Las tarjetas hacen sonreír a Carolina.

table mesa

milk leche

cherries cerezas

strawberries fresas

bread  pan

basket cesta

Caroline goes into the kitchen to pack a picnic lunch.
She takes some milk from the refrigerator, and some fruit and bread for the sandwiches, too.
She puts everything on the table.
"Where is the salt?" she wonders.

Carolina va a la cocina a preparar una cesta para comer en el campo.
Ella saca la leche y algunas frutas de la nevera y también pan para los emparedados.
Lo pone todo sobre la mesa.
"¿En dónde está la sal?" se pregunta.

road 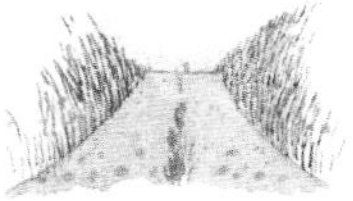   camino

car    carro

William the bear cub    el osito Guillermo

two friends    dos amigos

clouds   nubes

fence    valla

tree    árbol

Caroline walks down the road with her basket.
She sees her friend William the bear cub in his car.
"Let's have a picnic to celebrate my birthday, William!"

Carolina va por el camino con su cesta.
Vé a su amigo el osito Guillermo en su carro.
"!Guillermo, vamos a comer al campo para celebrar mi cumpleanos!"

hood  capota

wheel  rueda

apple  manzana

wrench llave inglesa

bowl  taza

"Is this a good place to have our picnic?"
"I think so, but the car isn't working right."
"Can you fix it?" Caroline asks.
"I'll try," says William.
So Caroline decides to prepare lunch anyway.

"¿Es éste un buen lugar para comer?"
"Creo que sí, pero el carro no está funcionando bien."
"¿Puedes arreglarlo? " pregunta Carolina.
"Lo intentaré," dice Guillermo.
Así que Carolina decide preparar almuerzo, de todas maneras.

grass  hierba

daisy margarita

goldfish  peces de colores

tomatoes tomates

banana plátano

pond  laguna

"What a nice place to have a picnic! The lunch is very good," says William.
"Let's go for a swim."
"Have you fixed the car yet?"
"No, and it is getting late," says William.

"¡Qué lugar tan bonito para comer en el campo! El almuerzo está muy rico," dice Guillermo.
"Vamos a nadar un poco."
"¿Ya arreglaste el carro?"
"No. Y se está haciendo tarde," dice Guillermo.

castle      castillo

iron gate   verja de hierro

ivy   hiedra

pebbles   piedrecitas

stars   estrellas

bushes      arbustos

The car will still not run.
It is getting dark.
"I am tired, William," says
Caroline.
"Let's go to the castle and ask for
help. There is a light in the
window," says William.

El carro todavía no funciona.
Está oscureciendo.
"Estoy cansada, Guillermo," dice
Carolina.
"Vayamos al castillo y pidamos
ayuda. Hay una luz en la ventana,"
dice Guillermo.

fireplace  chimenea

boar's head cabeza de jabalí

clock  reloj

beams  vigas

portrait retrato

ghosts  fantasmas

William knocks at the door.
"Can I help you?" says the owner of the house.
William explains what happened.
Caroline looks around her.
"You can spend the night here. Come with me," he says.

Guillermo llama a la puerta.
"?En qué puedo servirles?" dice el dueño de la casa.
Guillermo explica lo que sucedió.
Carolina mira a su alrededor.
"Pueden pasar la noche aquí. Vengan conmigo," dice el dueño de la casa.

moon  luna

window ventana

dresser cómoda

bed cama

candle vela

armchair sillón

Caroline has a room of her own.
What is that shadow under the bed?
Is it a ghost?
Perhaps there is a monster hiding under the dresser.
"I am scared!" thinks Caroline to herself.

A Carolina le dan un cuarto para ella sola.
¿Qué es esa sombra que hay debajo de la cama?
¿Es un fantasma?
Tal vez hay un monstruo escondido debajo de la cómoda.
"¡Tengo miedo!," piensa Carolina.

door puerta

knife  cuchillo

owl  búho

antlers cornamenta

vase botija

shadow  sombra

Someone knocks at the door to her
room.
Caroline opens it a crack and peeps
out.
She sees a huge shadow holding a
knife.
"What should I do?" she wonders.

Alguien llama a la puerta de su
cuarto.
Carolina la abre un poquito y mira
hacia fuera.
Ve una sombra enorme, con un
cuchillo.
"¿Qué hago?" se pregunta.

mirror  espejo

urn florero

rug  tapete

candlesticks candelero

rose  rosa

Caroline decides to find William.
She walks down the empty corridor,
holding a candle for light.
She is afraid but she must find
William.
There is light coming from an open
door.
Perhaps it is William's room.

Carolina decide encontrar a
Guillermo.
Camina por el vacío corredor,
llevando una vela para alumbrarse.
Tiene miedo, pero debe encontrar a
Guillermo.
Sale luz de una puerta abierta.
Tal vez es el cuarto de Guillermo.

birthday cake  torta de cumpleaños

five candles  cinco velitas

presents  regalos

bench banca

door knob tirador

painting cuadro

As she enters the room she hears:
"Happy birthday, Caroline!"
Then she sees William
with all of her friends —
and a big birthday cake.
What a wonderful surprise!

Cuando entra al cuarto, oye : "¡Feliz
cumpleaños, Carolina!"
Entonces ve a Guillermo con todos
sus amigos, y una gran torta de
cumpleaños.
¡Qué maravillosa sorpresa!